4
3
2
1

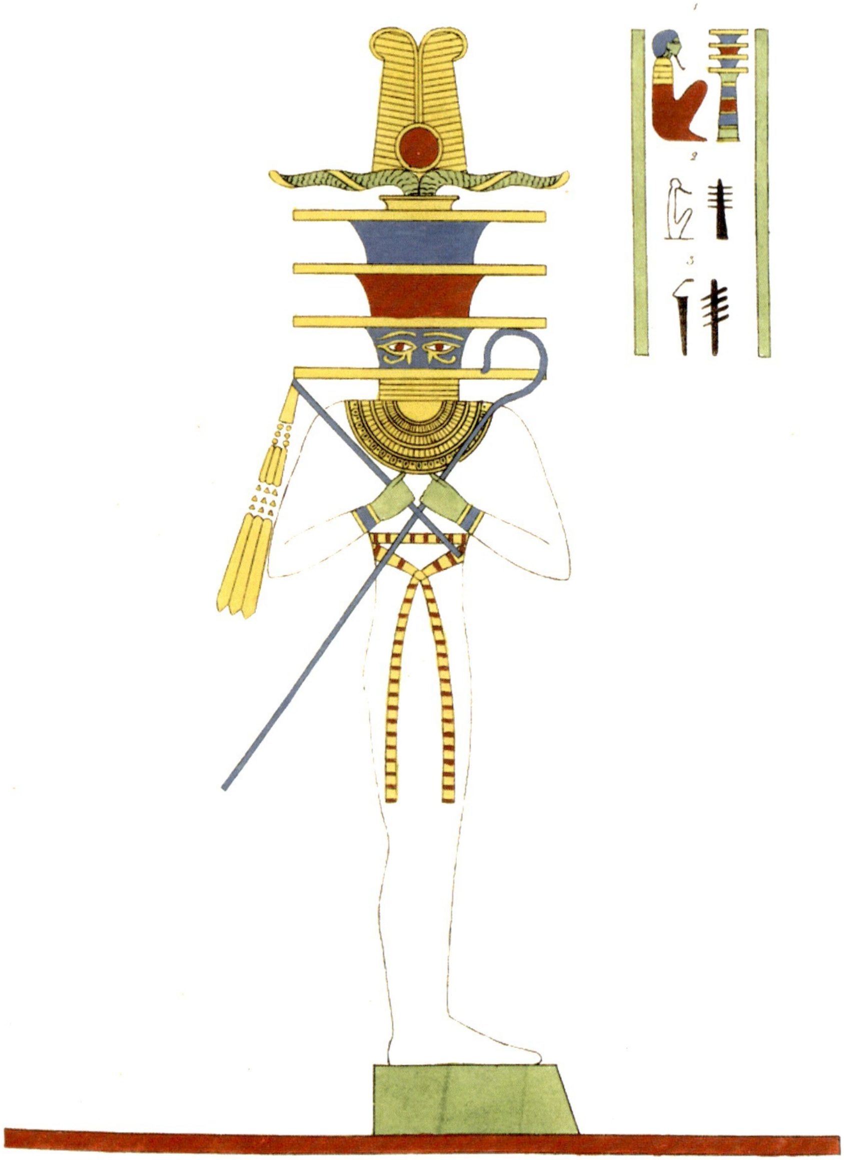
1
2
3

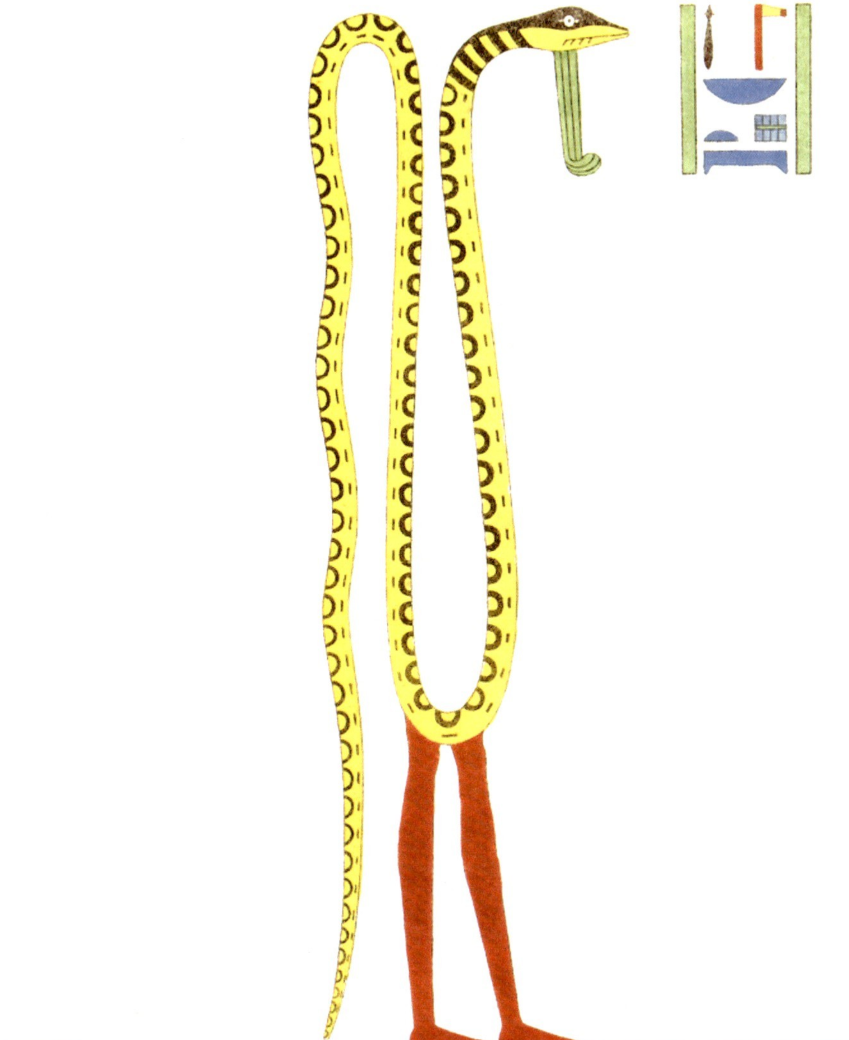

5
6
3
4
1
2

A

B

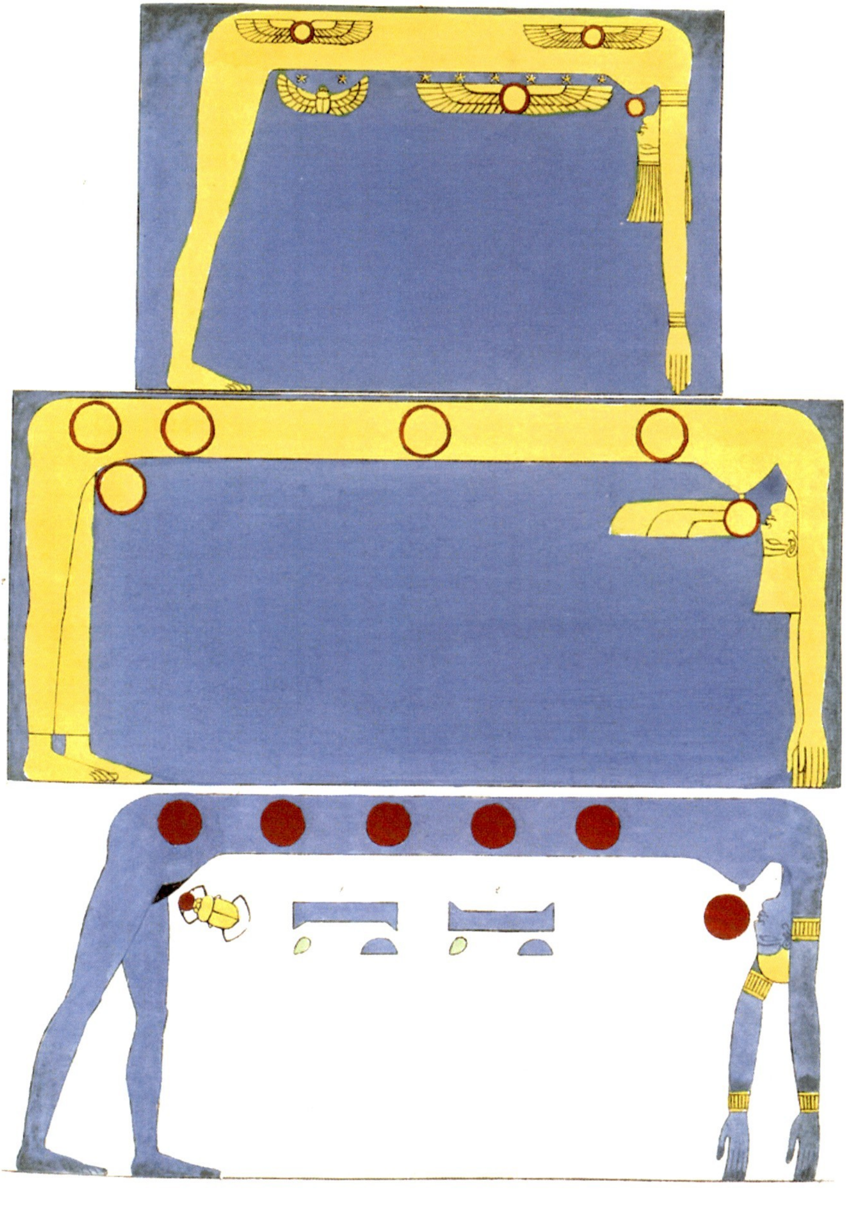

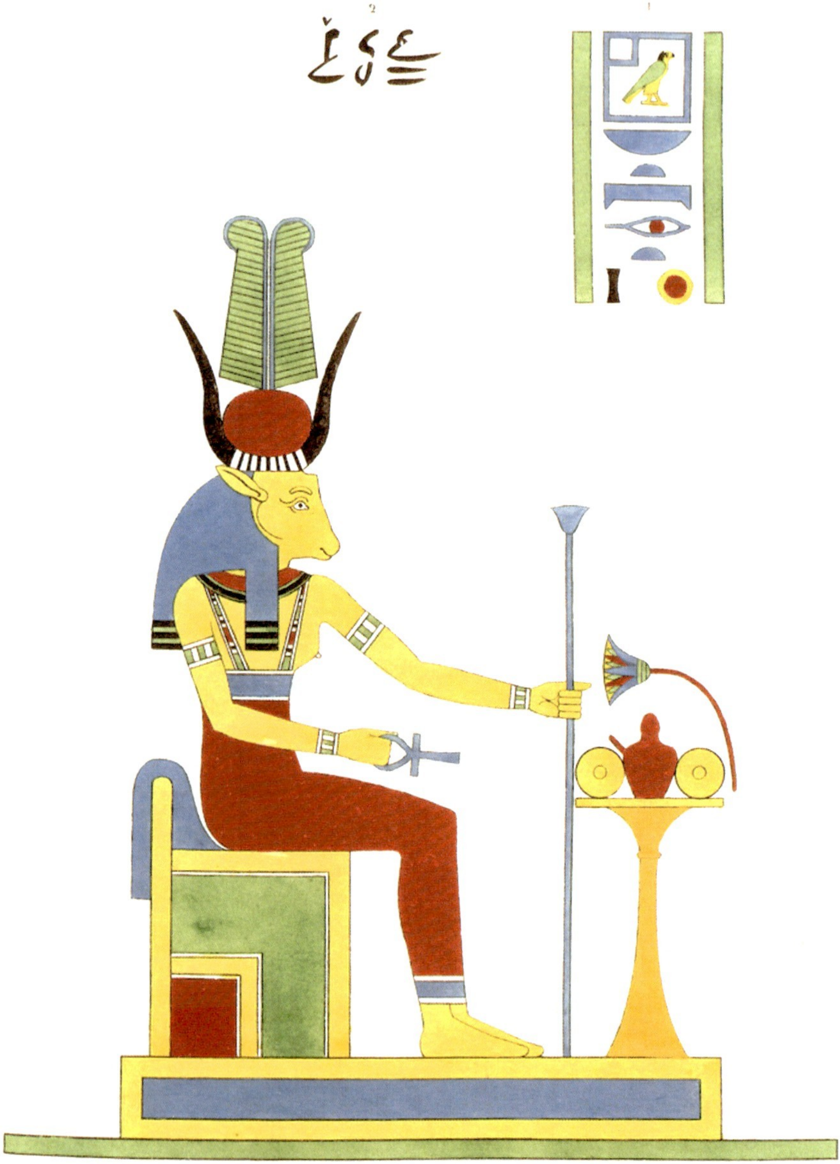
2
1

4
3
2
1

1
2
3
4
5
6

1
2
3
4
5
6
7

4
3
2
1
5

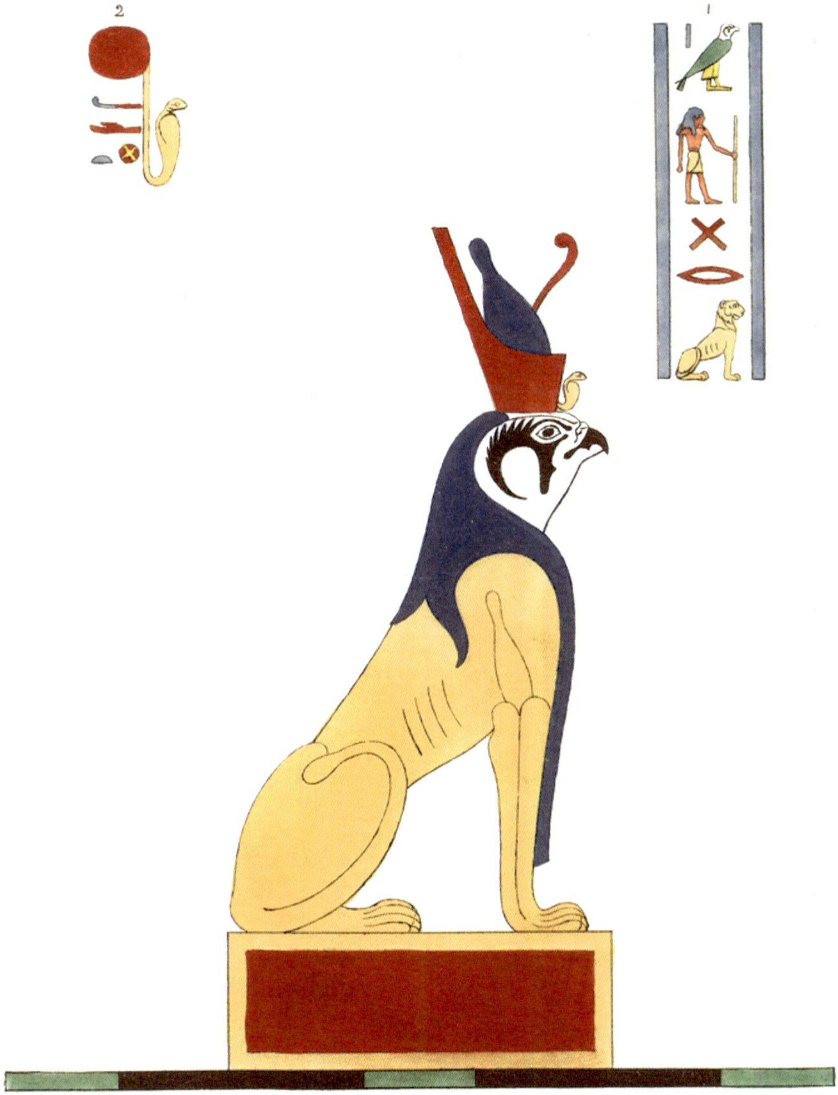
2
1

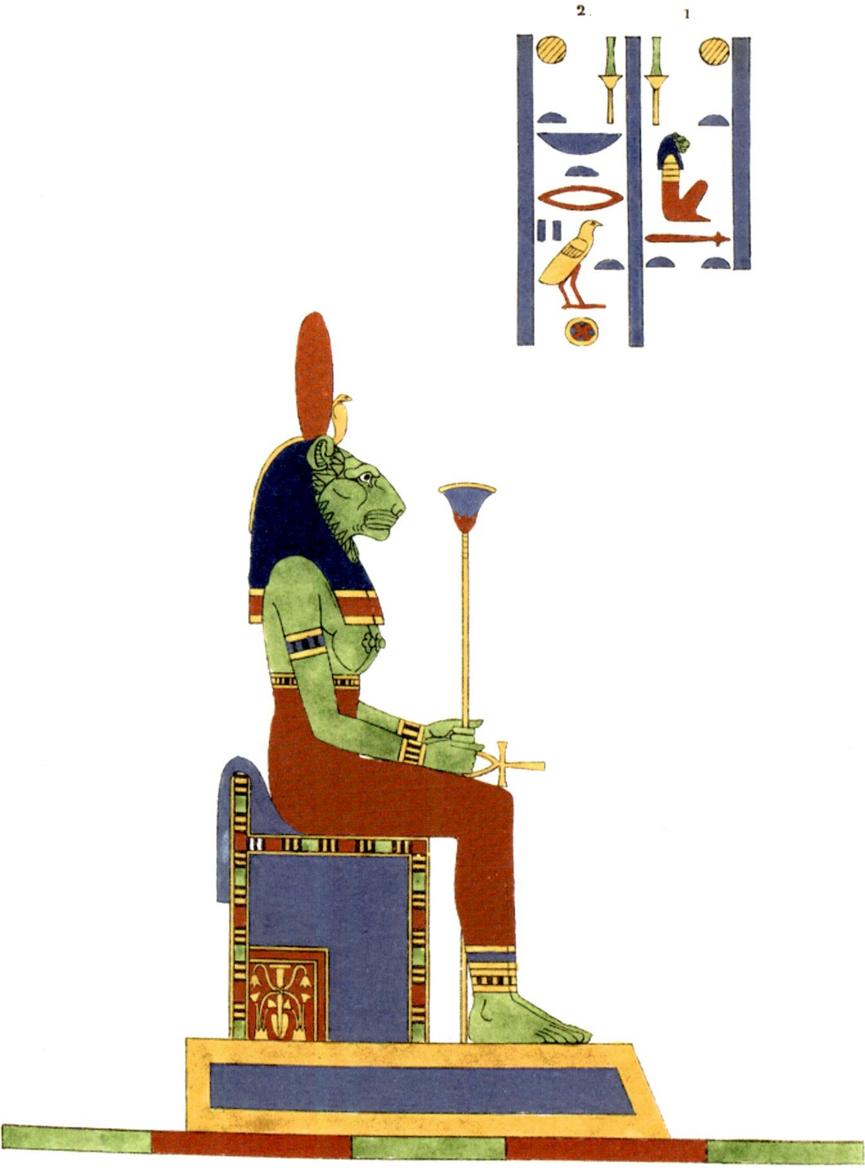
2.
1.

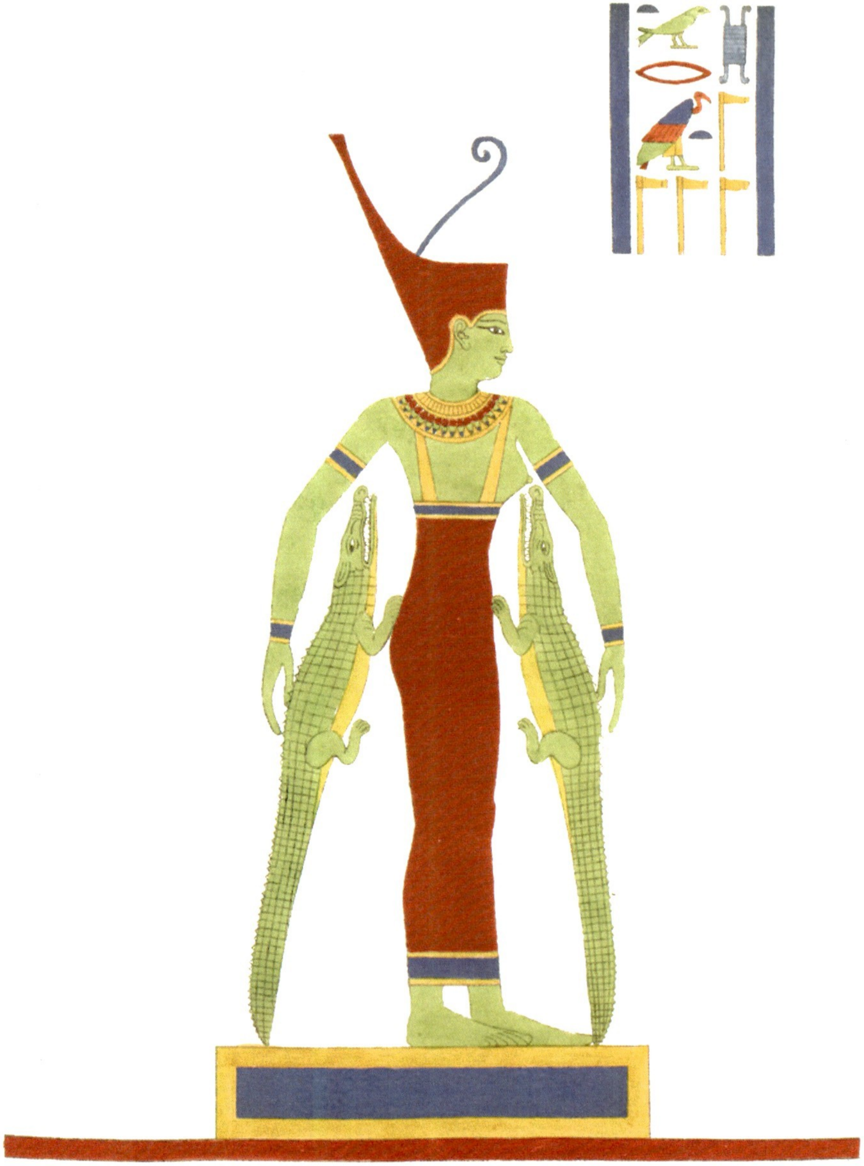

2
1

3
2
1

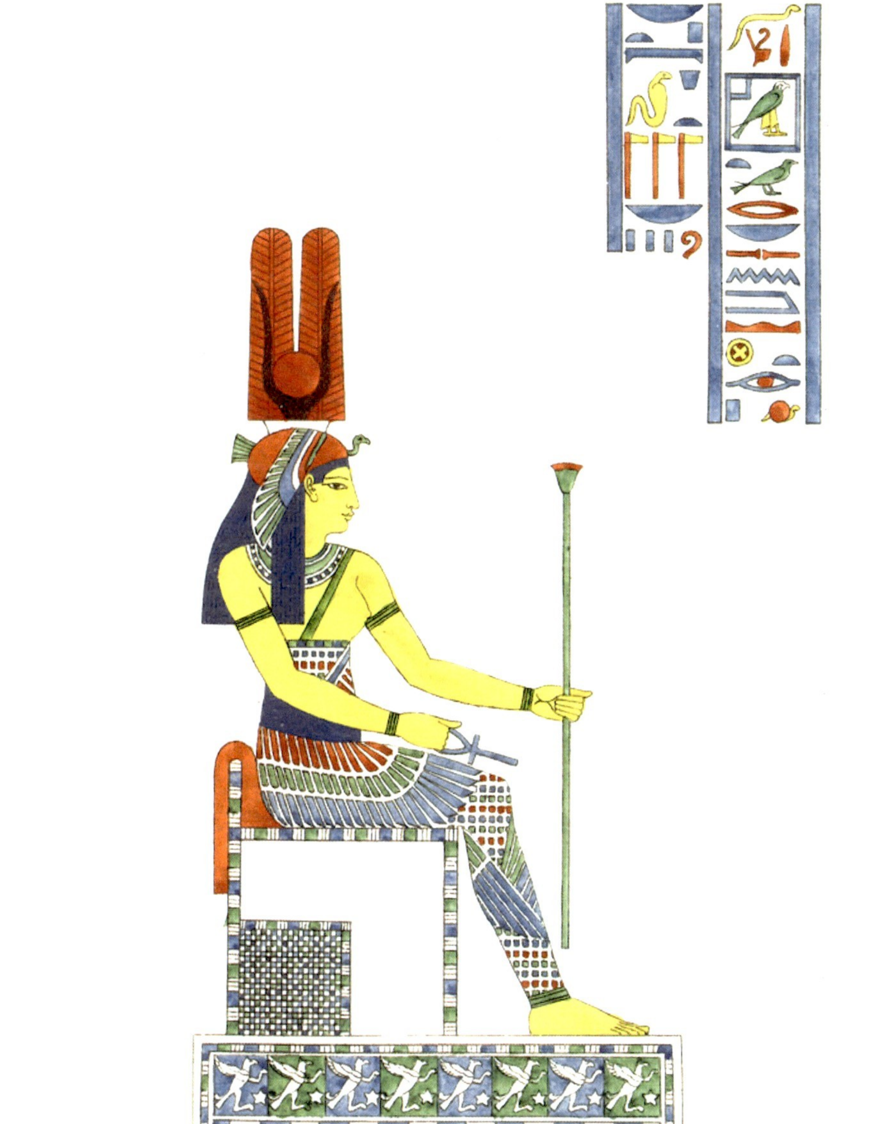

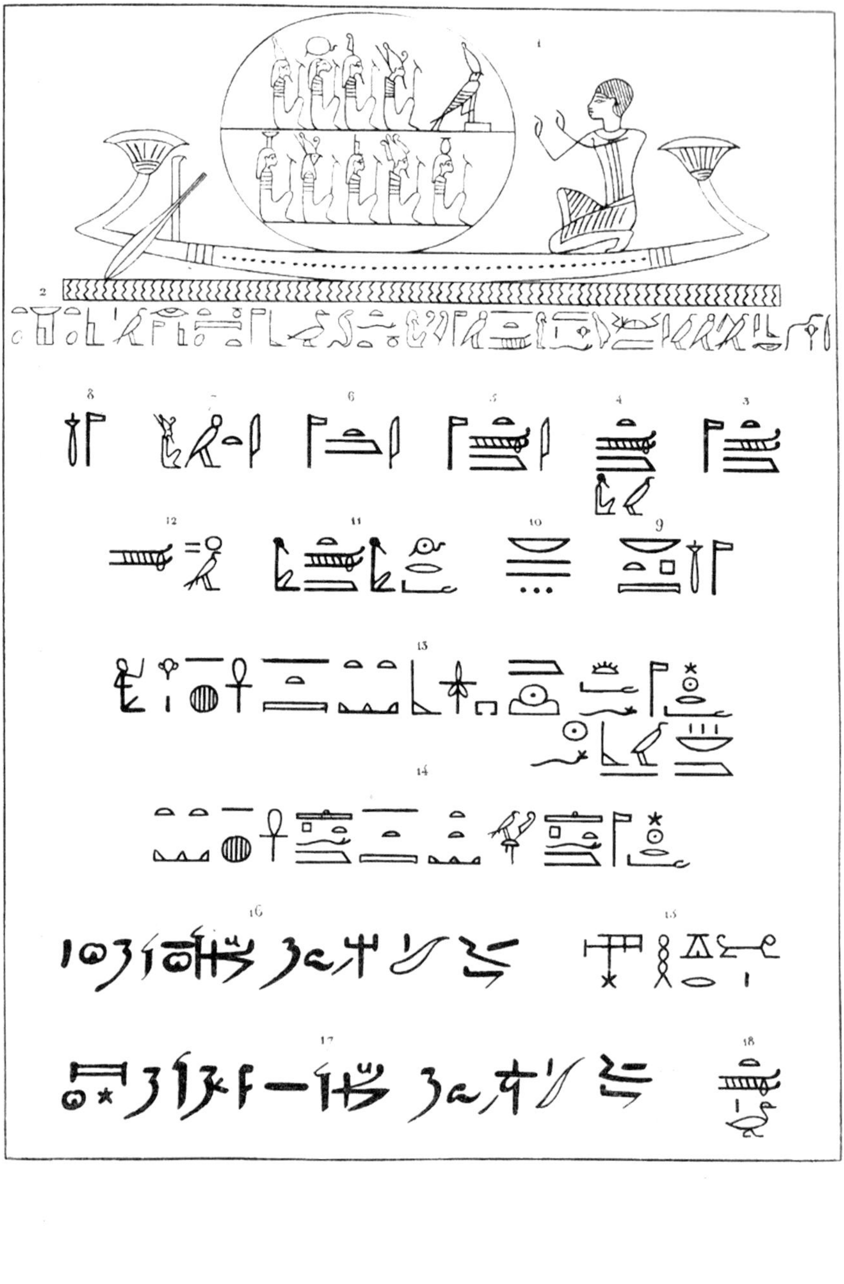
1
2
8
7
6
5
4
3
12
11
10
9
13
14
16
15
17
18